LETTRE

A

Mr. de VOLTAIRE.

LETTRE

DE

J. J. ROUSSEAU

A

MONSIEUR

DE VOLTAIRE.

LE 18. AOUT 1756.

1759.

LETTRE

DE
M. JEAN JAQUES ROUSSEAU
A
M. de VOLTAIRE.

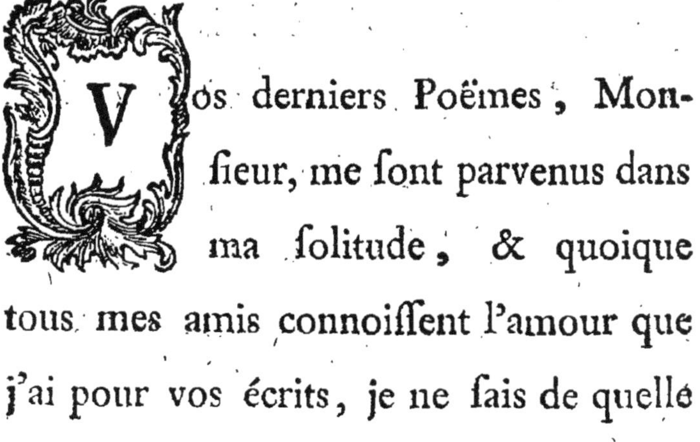

Vos derniers Poëmes, Monsieur, me sont parvenus dans ma solitude, & quoique tous mes amis connoissent l'amour que j'ai pour vos écrits, je ne sais de quelle

A iij

6

part ceux ci me pourroient venir, à
moins que ce ne foit de la vôtre. J'y
ai trouvé le plaifir avec l'inftruction,
& reconnu la main du maitre, & je
crois vous devoir remercier à la fois
de l'exemplaire & de l'ouvrage. Je ne
vous dirai pas, que tout m'en paroiffe
également bon, mais les chofes qui
m'y déplaifent, ne font que m'impofer
plus de confiance pour celles qui me
transportent. Ce n'eft pas fans peine
que je défens quelque fois ma raifon
contre les charmes de vôtre Poëfie,
mais c'eft pour rendre mon admiration
plus digne de vos ouvrages que je
m'efforce de n'y pas tout admirer.

Je ferai plus, Monsieur, je vous dirai sans détour, non les beautés que
j'ai cru sentir dans ces deux poëmes,
la tâche effrayeroit ma pensée, ni même
les défauts qu'y remarquèront peut-être
de plus habiles gens que moi ; mais
les déplaisirs qui troublent en cet in-
stant le gout que je prenois à vos leçons, & je vous les dirai encore, attendri
d'une première lecture où mon cœur
écoutoit avidement le vôtre, vous ai-
mant comme mon frére, vous hono-
rant comme mon Maitre, me flattant
enfin que vous reconnoîtrés dans mes
intentions la franchise d'une ame droite,
& dans mes discours, le ton d'un ami
de la vérité qui parle à un Philosophe.

A iv

8

D'ailleurs, plus votre ſecond Poëme m'enchante, plus je prens librement parti contre le premier : car ſi vous n'avés pas craint de vous oppoſer à vous même, pourquoi craindrois-je d'être de votre avis? je dois croire que vous ne tenés pas beaucoup à des ſentimens que vous refutés ſi bien.

Tous mes griefs ſont dont contre votre Poëme ſur le déſaſtre de Lisbonne, parce que j'en attendois des effets plus dignes de l'humanité qui paroit vous l'avoir inſpiré. Vous reprochés à Pope & à Leibnitz d'inſulter à nos maux, en ſoutenant que tout eſt bien, & vous amplifiés tellement le tableau de nos miſéres, que vous en aggravés

le fentiment; au lieu des confolations
que j'efpérois, vous ne faites que m'af-
fliger. On diroit que vous craignés que
je ne voye pas affés, combien je fuis
malheureux, & vous croyés ce femble me tranquillifer beaucoup en me
prouvant que tout eft mal.

Ne vous y trompés pas, Monfieur,
il arrive tout le contraire de ce que
vous vous propofés. Cet optimisme,
que vous trouvés fi cruel, me confole
pourtant dans les mêmes douleurs que
vous me peignés comme infupporta-
bles.

Le Poëme de Pope adoucit mes
maux & me porte à la patience : le
vôtre aigrit mes peines, m'éxcite au

murmure, & m'ôtant tout, hors une
elperance ébranlée, il me reduit au dé-
felpoir. Dans cette étrange oppofition
qui règne entre ce que vous établiffés
& ce que j'éprouve, calmés la perplé-
xité qui m'agite & dites-moi qui s'a-
bufe, du fentiment, ou de la raison.
„Homme prens patience, me difent Po-
„pe & Leibnitz, tes maux font un ef-
„fet néceffaire de ta nature & de la
„conftitution de cet univers. L'Etre
„éternel & bienfaifant qui te gouverne
„eut voulu t'en garantir. De toutes les
„œconomies poffibles, il a choifi celle
„qui reuniffoit le moins de mal & le
„plus de bien, ou pour dire la même
„chofe encore plus cruement, s'il le

„faut: s'il n'a pas mieux fait, c'est
„qu'il ne pouvoit mieux faire.

Que me dit maintenant votre Poëme?
„Souffre à jamais, malheureux. S'il est
„un Dieu qui t'ait créé, sans doute
„qu'il est Tout Puissant; il pouvoit pré-
„venir tous tes maux, n'espére donc
„jamais qu'ils finissent: car on ne sau-
„roit voir pourquoi tu éxistes, si ce
„n'est pour souffrir & mourir„ Je ne
sais ce qu'une pareille doctrine peut
avoir de plus consolant que l'optimisme & que la fatalité même. Pour
moi j'avouë qu'elle me paroit plus cru-
elle encore que le Manicheisme. Si
l'embaras de l'origine du mal vous for-
çoit d'alterer quelcune des perfections

de Dieu, pourquoi vouloir justifier sa puissance aux dépens de sa bonté? s'il faut choisir entre deux erreurs, j'aime encore mieux la première.

Vous ne voulés pas, Monsieur, qu'on regarde votre ouvrage comme un Poëme contre la providence, & je me garderai bien de lui donner ce nom, quoique vous ayés qualifié de livre contre le genre humain, un écrit ou je plaidois la cause du genre humain contre lui même. Je sais la distinction qu'il faut faire entre les intentions d'un auteur, & les conséquences qui peuvent se tirer de sa doctrine. La juste défense de moi même, m'oblige seulement à vous faire observer, qu'en peignant les miséres humaines, mon but étoit excusable, & même loua-ble à ce que je crois, car je montrois aux hommes, comment ils faifoient leurs malheurs eux mêmes, & par conféquent comment ils pouvoient les éviter.

Je ne vois pas qu'on puiffe chercher la fource du mal moral ailleurs que dans l'homme libre, perféctionné, par-tant corrumpu ; & quant aux maux phyfiques, fi la matiére fenfible & im-paffible eft une contradiction, comme il me le femble, ils font inévitables dans tout fyftéme dont l'homme fait partie, & alors la queftion n'eft point, pourquoi l'homme n'eft pas parfaitement heureux, mais pourquoi il éxiste ? de plus, je crois avoir montré qu'excepté la mort, qui n'eſt presque un mal que par les préparatifs dont on la fait précéder, la plûpart de nos maux phyſiques ſont encore notre ouvrage. Sans quitter votre ſujet de Lisbonne, convenés par exemple, que la nature n'avoit point raſſemblé là vingt mille maiſons de ſix à ſept étages, & que ſi les habitans de cette grande ville euſſent été diſperſés plus également & plus légérement logés, le dégat eut été beaucoup moindre, & peut être nul. Tout eut fuï au premier ébranlement, & on les eut vû le lendemain à vingt lieuës de là, tout auſſi gais que s'il n'étoit rien arrivé ; mais il faut rester, s'opiniâtrer autour des mazures, s'exposer à de nouvelles secousses, parce que ce qu'on laisse vaut mieux que ce qu'on peut emporter. Combien de malheureux ont peri dans ce désastre, pour vouloir prendre, l'un ses habits, l'autre ses papiers, l'autre son argent ? Ne sait-on pas que la personne de chaque homme est dévenue la moindre partie de lui même, & que ce n'est presque pas la peine de la sauver quand on a perdu tout le reste ?

Vous auriés voulu, & qui n'eut pas voulu de même ? que le tremblement se fut fait au fond d'un désert plûtot qu'à Lisbonne. Peut on douter qu'il ne s'en forme auffi dans les déferts? mais nous n'en parlons point, parce qu'ils ne font aucun mal aux Meffieurs des Villes, les feuls hommes dont nous tenions conte, ils en font peu même aux annimaux & aux fauvages qui habitent épars, dans des lieux retirés, & qui ne craignent ni la chute des toits, ni l'embrafement des maifons. Mais que fignifieroit un pareil privilege? Seroit-ce donc à dire que l'ordre du monde doit changer felon nos caprices, que la nature doit être foumife à nos Loix, & que pour lui interdire un tremblement de terre en quelque lieu, nous n'avons qu'à y batir une ville?

Il

Il y a des evenemens qui nous frappent souvent plus ou moins selon les faces sous lesquelles on les considere, & qui perdent beaucoup de l'horreur qu'ils inspirent au premier aspect, quand on veut les examiner de près. J'ai appris dans _Zadig_, & la nature me confirme de jour en jour, qu'une mort accelerée n'est pas toujours un mal reel, & qu'elle peut passer quelque fois pour un bien relatif. De tant d'hommes écrasés sous les ruines de Lisbonne plusieurs sans doute ont évité de plus grands malheurs & malgré ce qu'une pareille description a de touchant, & fournit à la poësie, il n'est pas sur, qu'un seul de ces infortunés ait plus souffert, que

B

fi felon le cours ordinaire des chofes
il eut attendu dans de longues angoif-
fes la mort qui l'est venu furprendre.
Eft-il une fin plus trifte que celle d'un
mourant qu'on accable de foins inu-
tiles, qu'un notaire & des heritiers ne
laiffent pas refpirer, que les Medecins
affaffinent dans fon lit à leur aife, &
à qui des Prêtres barbares font avec
art favourer la mort? pour moi, je
vois par tout que les maux auxquels
nous affujettit la nature font beaucoup
moins cruels que ceux que nous y a-
joutons.

Mais quelques ingenieux que nous
puiffions être à fomenter nos miféres
à force de belles inftitutions, nous n'a-

vons pû jusqu'à préfent nous perfecti-
onner au point de nous rendre generalement la vie à charge & de prefe-
rer le neant à notre exiftence ; fans-
quoi le decouragement & le defefpoir
fe feroient bientôt emparé du plus
grand nombre, & le genre humain n'eut
pû fubfifter longtems. Or s'il eft mieux
pour nous d'être que de n'être pas, c'en
feroit affés pour juftifier notre exiftence, quand même nous n'aurions aucun
dedomagement à attendre des maux que
nous avons à fouffrir, & que ces maux
feroient auffi grands que vous les dé-
peignés. Mais il eft difficile de trouver
fur ce fujet de la bonne foi chés les
hommes, & de bons calculs chés les

Philosophes, parce que ceux ci dans la comparaison des biens & des maux oublient toujours le doux sentiment de l'existence, independemment de toute autre sensation & que la vanité de mépriser la mort engage les autres à calomnier la vie, à peu près comme ces femmes qui avec une robe tachée & des ciseaux pretendent aimer mieux des trous que des taches.

Vous pensés avec Erasme que peu de gens voudroient renaitre aux mêmes conditions qu'ils ont vecus, mais tel tient sa marchandise fort haute qui en rabatroit beaucoup, s'il avoit quelque espoir de conclure le marché. D'ailleurs, Monsieur, qui dois-je croire que vous

avés confulté fur cela ? Des riches peut
être raffafiés de faux plaifirs, mais
ignorant les veritables, toujours en-
nuyés de la vie & toujours tremblans
de la perdre; peut être des gens de
lettres de tous les ordres d'hommes le
plus fedentaire, le plus mal fain, le
plus reflechiffant, & par confequent le
plus malheureux. Voulés vous trouver des hommes de meilleure compo-
fition, ou du moins communement
plus fincéres, & qui formant le plus
grand nombre doivent au moins pour
cela être écoutés par preference ? Con-
fultés un honnéte bourgeois qui aura
paffé une vie obfcure & tranquille fans
projets & fans ambition ; un bon ar-

tifan, qui vit commodement de fon metier, un païfan même, non de france, ou l'on pretend qu'il faut les faire mourir de mifére, afin qu'ils nous faffent vivre, mais du païs par exemple, ou vous êtes, & generalement de tout pays libre. J'ofe pofer en fait qu'il n'y a peut être pas dans le haut valais un feul montagnard mecontent de fa vie prefque automate, & qui n'accepta volontiers au lieu même du paradis, le marché de renaître fans ceffe pour vegeter ainfi perpetuellement. Ces differences me font croire, que c'eft fouvent l'abus que nous faifons de la vie, qui nous la rend à charge & j'ai bien moins bonne opinion de ceux qui font fachés d'avoir vecu, que de celui qui peut dire avec Caton : *Nec me vixiffe pœnitet , quoniam ita vixi , ut fruftra me natum non exiftimem.* Cela n'empêche pas que le Sage ne puiffe quelque fois deloger volontairement fans murmure & fans defefpoir , quand la nature ou la fortune lui portent bien diftinctement l'ordre du départ. Mais felon le cours ordinaire des chofes, de quelques maux que foit femée la vie humaine, elle n'eft pas à tout prendre un mauvais préfent, & fi ce n'eft pas toujours un mal de mourir, c'en eft fort rarement un de vivre.

Nos differentes maniére de penfer fur tous ces articles, m'apprennent pourquoi plusieurs de Vos preuves font peu concluantes pour moi. Car je n'ignore pas, combien la raison humaine prend plus facilement le moule de nos opinions que celui de la verité & qu'entre deux hommes d'avis contraire, ce que l'un croit demontré, n'est souvent qu'un sophisme pour l'autre. Quand vous attaqués, par exemple, la chaine des êtres si bien decrite par Pope, vous dites qu'il n'est pas vrai, que si l'on otoit un atome du monde, le monde ne pourroit subsister. Vous cités la dessus M. de Crouzas, puis vous ajoutés, que la nature n'est asservie à aucune mesure precise, ni à aucune forme precise, que nulle planete ne se

meut dans une courbe abſolument re-
guliere, que nul être connu n'eſt d'une
figure preciſément mathematique, que
nulle quantité preciſe n'eſt requiſe pour
nulle operation, que la nature n'agit
jamais rigoureuſément, qu'ainſi on n'a
aucune raiſon d'aſſurer qu'un atome de
moins ſur la terre ſeroit la cauſe de
la deſtruction de la terre. Je vous
avoue que ſur tout cela, Monſieur, je
ſuis plus frappé de la force de l'aſſer-
tion que de celle du raiſonnement, &
qu'en cette occaſion je cederois avec plus
de confiance à votre autorité qu'à vos
preuves.

A l'egard de Mr. de Crouzas, je
n'ai point lû ſon ecrit contre Pope, &

ne suis peut être pas en état de l'entendre ; mais ce qu'il y a de très certain, c'est que je ne lui cederai pas ce que je vous aurai disputé, & que j'ai tout aussi peu de foi à ses preuves qu'à son autorité. Loin de penser que la nature ne soit point asservie à la precision des quantités & des figures, je croirois tout au contraire qu'elle seule suit à la rigueur cette precision, parce qu'elle seule fait comparer exactement les fins & les moyens & mesurer la force à la résistance. Quand à ces irregularités prétendues, peut-on douter qu'elles n'ayent toutes leur cause physique, & suffit-il de ne la pas appercevoir pour nier qu'elle existe? ces apparentes irregularités viennent fans doute de quelques Loix que nous ignorons, & que la nature fuit tout auffi fidelement que celles qui nous font connues; de quelque agent que nous n'appercevons pas, & dont l'obftacle ou le concours a des mefures fixes dans toutes fes operations; autrement il faudroit dire nettement qu'il y a des actions fans principes & des effets fans caufe, ce qui repugne à toute philofophie.

Suppofons deux poids en equilibre, & pourtant inégaux, qu'on ajoute au plus petit la quantité dont ils different; ou les deux poids refteront encore en équilibre & l'on aura une caufe fans effet, ou l'equilibre fera rompu & l'on aura un effet sans caufe. Mais fi les poids étoient de fer, & qu'il y eut un grain d'aiman caché fous l'un des deux, la precifion de la nature lui oteroit alors l'apparence de la precifion, & à force d'exactitude elle paroitroit en manquer. Il n'y a pas une figure, pas une operation, pas une Loi dans le monde phyfique à laquelle on ne puiffe appliquer quelque exemple femblable à celui que je viens de propofer fur la pefanteur.

Vous dites que nul être connu n'eft d'une figure precifement mathematique; je vous demande, Monfieur, s'il y a quelque figure poffible qui ne le foit pas, & fi la courbe la plus bizarre n'eft pas auffi reguliére aux yeux de la nature qu'un Cercle parfait aux nôtres. J'imagine au reste, que si quelque corps pouvoit avoir cette apparente regularité, ce ne seroit que l'univers même en le supposant plein & borné; car les figures mathematiques n'etant que des abstractions, n'ont de rapport qu'à elles mêmes; au lieu que toutes icelles des corps naturels font relatives à d'autres corps, & a des mouvemens qui les modifient; ainsi cela ne prouveroit encore rien contre la precision de la nature, quand même nous serions d'accord sur ce que vous entendés par ce mot de precision.

Vous distingués les evenemens qui ont des effets, de ceux qui n'en ont point

Je doute que cette diſtinction ſoit ſoli-
de. Tout evenement me ſemble avoir
néceſſairement quelque effet ou moral
ou phyſique, ou compoſé des deux,
mais qu'on n'apperçoit pas toujours,
parce que la filiation des evenemens
eſt encore plus difficile à ſuivre que
celle des hommes ; comme en general
on ne doit pas chercher des effets plus
conſiderables que les evenemens qui les
produiſent ; la petiteſſe des cauſes rend
ſouvent l'examen ridicule, quoique les
effets ſoient certains, & ſouvent auſſi
pluſieurs effets preſque imperceptibles,
ſe reuniſſent pour produire un evenement conſiderable. Ajoutés que tel effet
ne laiſſe pas d'avoir lieu, quoiqu'il agiſſe

hors du Corps qui le produit. Ainsi la pouſſiere , qu'eléve un caroſſe , peut ne rien faire à la marche de la voiture & influer ſur celle du monde ; mais comme il n'y a rien d'etranger à l'univers , tout ce qui s'y fait , agit neceſſairement ſur l'univers même. Ainſi, Monſieur , vos exemples me paroiſſent plus ingenieux que convaincans ; je vois mille raiſons plauſibles , pourquoi il n'etoit peut être pas indifferent à l'Europe qu'un certain jour l'heritiére de Bourgogne fut bien ou mal cœffée, ni au deſtin de Rome , que Ceſar tournat ſes yeux à droite ou à gauche , & cracha de l'un ou de l'autre coté en allant au Senat le jour qu'il y fut puni. En un mot, en me rappellant le grain de fable cité par Paſchal, je ſuis à quelques egards de l'avis de votre Bramine, & de quelque maniére qu'on enviſage les choſes, ſi tous les evenemens n'ont pas des effets ſenſibles, il me paroît inconteſtable que tous en ont de reels, dont l'Eſprit humain perd aiſément le fil, mais qui ne ſont jamais confondus par la nature.

Vous dites qu'il eſt demontré que les corps celeſtes font leur revolution dans l'eſpace non reſiſtant. C'etoit aſſurément une belle choſe à demontrer; mais ſelon la coutume des ignorans, j'ai très peu de foi aux demonſtrations qui paſſent ma portée. J'imaginerois

que

que pour bâtir celle-cy, l'on auroit
à peu près raifonné de cette maniére:
Telle force agiffant felon telle Loi,
doit donner aux Aftres tel mouvement
dans un milieu non refiftant : or les
aftres ont éxactément le mouvement
calculé, dont il n'y a point de refiftan-
ce. Mais qui peut favoir, s'il n'y a
peut-être pas un million d'autres loix
poffibles, fans conter la véritable, felon
lesquelles les mêmes mouvemens s'ex-
pliqueroient mieux encore dans un
fluide que dans le vuide par celle-cy?
L'horreur du vuide n'a-t'elle pas longtems expliqué la plûpart des effets qu'on
a depuis attribués à l'action de l'air?
d'autres expériences ayant enfuite de-

truit l'horreur du vuide, tout ne s'eſt il pas trouvé plein ? N'a t'on pas retabli le vuide ſur de nouveaux calculs ? Qui nous repondra qu'un ſyſtême encore plus éxact ne le detruira pas de rechef ? Laiſſons les difficultés ſans nombre qu'un phyſicien feroit peut être ſur la nature de la lumiére & des eſpaces éclairés ; mais croyés vous de bonne foi, que Bayle dont j'admire avec vous la ſageſſe & la retenue en matiére d'opinion, eut trouvé la vôtre ſi demontrée ? En general il ſemble que les ſceptiques s'oublient un peu, ſitôt qu'ils prennent le ton dogmatique, & qu'ils devroient uſer plus ſobrement que perſonne du terme de démontrer.

Le moyen d'être cru, quand on se vante de ne rien savoir en affirmant tant de choses!

Aureste, vous avés fait un correctif très juste au syftême de Pope en observant qu'il n'y a aucune gradation proportionelle entre les créatures & le créateur, & que si la chaine des êtres créés aboutit à Dieu, c'est parce qu'il la tient & non parce qu'il la termine.

Sur le bien du tout préferable à celui de sa partie, vous faites dire à l'homme: „je dois être aussi cher à mon Maî„tre, moi être penfant & fentant, que les „planetes, qui probablement ne fentent „point.„ Sansdoute cet univers materiel ne doit pas être plus cher à son Au-

teur qu'un seul être penſant & ſentant.
Mais le ſyſtême de cet univers qui
produit, conſerve & perpetuë tous les
êtres penſans & ſentans, doit lui être
plus cher qu'un ſeul de ces êtres; il
peut donc malgré ſa bonté, ou plutôt
par ſa bonté même ſacrifier quelque
choſe du bonheur des individus à la
conſervation du tout. Je crois, j'eſpére
valoir mieux aux yeux de Dieu que la
terre d'une planete; mais ſi les planetes ſont habitées, comme il eſt probable,
pourquoi vaudrois je mieux à ſes yeux
que tous les habitans de Saturne? on
a beau tourner ces idées en ridicule, il
eſt certain que toutes les analogies ſont
pour cette population, & qu'il n'y a

que l'orgueil humain qui soit contre.
Or cette population supposée, la conservation de l'Univers semble avoir pour
Dieu même une moralité qui se multi-
plie par le nombre des mondes habités.

Que le cadavre d'un homme nou-
risse des vers, des loups ou des plan-
tes, ce n'est pas, je l'avoüe un dédom-
magement de la mort de cet homme;
mais si dans le systeme de l'univers il
est nécessaire à la conservation du genre
humain, qu'il y ait une circulation de
substance entre les hommes, les ani-
maux & les vegetaux, alors le mal
particulier d'un individu contribue au
bien general. Je meurs, je suis mangé
des vers, mais mes enfans, mes fréres

vivront comme j'ai vécu, & je fais par l'ordre de la nature pour tous les hommes, ce que firent volontairement Codrus, Curtius, Les Decies, les Philenes & mille autres pour une petite partie d'hommes.

Pour revenir, Monsieur, au syſtême que vous attaqués, je crois qu'on ne peut l'examiner convenablement, ſans diſtinguer avec ſoin le mal particulier dont aucun Philoſophe n'a jamais nié l'exiſtence, du mal general que nie l'optimiſte. Il n'eſt pas queſtion de ſavoir, ſi chacun de nous ſouffre ou non, mais s'il étoit bon que l'univers fut, & ſi nos maux étoient inévitables dans la conſtitution de l'univers? Ainſi l'addition d'un article rendroit ce semble la proposition plus exacte, & au lieu de *Tout est bien*, il vaudroit peut être mieux dire : *Le tout est bien* ou *Tout est bien pour le Tout*. Alors il est très évident qu'aucun homme ne sauroit donner des preuves directes ni pour ni contre. Car ces preuves dependent d'une connoissance parfaite de la constitution du monde & du but de son Auteur, & cette connoissance est incontestablement au dessus de l'intelligence humaine. Les vrais principes de l'optimisme ne peuvent se tirer, ni des propriétés de la matiére, ni de la mecanique de l'univers, mais seulement par induction des perfections de Dieu qui préside à tout ;

deforte qu'on ne prouve pas l'exiftence de Dieu par le fyftême de Pope, mais le fyfteme de Pope par l'exiftence de Dieu, & c'eft fanscontredit de la queftion de la Providence qu'eft derivée celle de l'origine du mal. Que fi ces deux queftions n'ont pas mieux été traitées l'une que l'autre, c'eft qu'on a toujours fi mal raifonné fur la Providence, que ce qu'on en a dit d'abfurde, a fort embrouillé tous les corrollaires qu'on pouvoit tirer de ce grand & confolant dogme.

Les premiers qui ont gaté la caufe de Dieu font les Prêtres & les Devots, qui ne fouffrent pas que rien fe faffe felon l'ordre établi, mais font toujours intervenir la juftice Divine à des evenemens purement naturels, & pour être furs de leur fait, puniffent & chatient les méchans, éprouvent ou recompenfent les bons indifferemment avec des biens ou des maux felon l'evenement. Je ne fais pour moi, fi c'eft une bonne Theologie, mais je trouve que c'eft une mauvaife maniére de raifonner, de fonder indifféremment fur le pour & le contre les preuves de la Providence, & de lui attribuer fans choix tout ce qui fe feroit également fans elle.

Les Philofophes à leur tour ne me paroiffent guéres plus raifonnables, quand je les vois s'en prendre au Ciel de ce qu'ils ne font pas impaffibles, crier que tout eft perdu, quand ils ont mal aux dents, ou qu'ils font pauvres, ou qu'on les vole, & charger Dieu, comme dit Senêque, de la garde de leur valife. Si quelque accident tragique eut fait périr Cartouche ou Cefar dans leur enfance, on auroit dit, quels crimes avoient ils commis? ces deux brigands ont vécu, & nous difons, pourquoi les avoir laiffé vivre? au contraire un devot dira dans le premier cas : Dieu vouloit punir le pére en lui otant fon enfant, & dans le fecond : Dieu confervoit l'enfant pour le chatiment du peuple. Ainfi quelque parti qu'ait pris la nature, la Providence a toujours raifon chés les devots, & toujours tort chés les Philo-fophes. Peut être dans l'ordre des choses humaines, n'a t'elle ni tort ni raison, parce que tout tient à la loi commune, & qu'il n'y a d'exception pour personne. Il est à croire que les évenemens particuliers ne font rien ici bas aux yeux du Maître de l'univers, que sa Providence est seulement universelle, qu'il se contente de conserver les genres & les espéces & de présider au tout, sans s'inquiéter de la manière dont chaque individu passe cette courte vie. Un Roi sage qui veut que chacun vive heureux dans ses états, a t'il besoin de s'informer si les cabarets y sont bons? Le passant murmure une nuit, quand ils sont mauvais, & rit tout le reste de ses jours d'une impatience aussi déplacée. *Com-*

morandi enim natura diverforium nobis, non habitandi dedit.

Pour penfer jufte à cet égard, il femble que les chofes devroient être confiderées relativement dans l'ordre phyfique, & abfolument dans l'ordre moral: de forte que la plus grande idée que je puis me faire de la Providence, eft, que chaque Etre materiel foit difpofé le mieux qu'il eft poffible par rapport au tout, & chaque être intelligent & fenfible le mieux qu'il eft poffible par rapport à lui même ; ce qui fignifie en d'autres termes, que pour qui fent fon éxiftence, il vaut mieux éxifter que ne pas éxifter. Mais il faut appliquer cette regle à la durée totale de chaque être fen-

sible, & non à quelques instants particuliers de sa durée, tel que la vie humaine; ce qui montre combien la que-
stion de la Providence tient à celle de
l'immortalité de l'ame que j'ai le bonheur de croire, sans ignorer, que la raison peut en douter, & à celle de l'eter-
nité des peines que ni vous ni moi, ni
jamais homme pensant bien de Dieu,
ne croirons jamais.

Si je raméne ces questions diverses
à leur principe commun, il me semble
qu'elles se rapportent toutes à celles de
l'existence de Dieu. Si Dieu existe, il
est parfait, s'il est parfait, il est sage,
puissant & juste, s'il est sage & puissant, tout est bien, s'il est juste & puis-

fant mon ame eft immortelle, si mon ame eft immortelle, trente ans de vie ne font rien pour moi & font peut-être néceffaires au maintien de l'univers. Si l'on m'accorde la premiére propofition, jamais on n'ebranlera les fuivantes; fi on la nie, il ne faut point difputer fur ces conféquences.

Nous ne fommes ni l'un ni l'autre dans ce dernier cas. Bien loin du moins que je puiffe prefumer rien de femblable de votre part en lifant le recueil de vos œuvres, la plûpart m'offrent les idées les plus grandes, les plus douces, les plus confolantes de la Divinité, & j'aime bien mieux un Chretien de votre façon que de celle de la Sorbonne.

Quant à moi, je vous avouerai naï-
vement, que ni le pour ni le contre,
ne me paroissent demontrés sur ce point,
par les lumières de la raison, & que,
si le Theiste ne fonde son sentiment
que sur des probabilités, l'Athée moins
précis encore ne me paroit fonder le
sien, que sur des possibilités contraires.
De plus les objections de part & d'autres sont toujours insolubles, parce
qu'elles roulent sur des choses, dont
les hommes, n'ont point de véritable
idée. Je conviens de tout cela, & pourtant je crois en Dieu tout aussi fortement que je croye aucune autre vérité, parce que croire & ne croire pas
sont les choses qui dépendent le moins

48

de moi, que l'état de doute est un
état trop violent pour mon ame, que
quand ma raison flotte, ma foi ne peut
rester longtems en suspens, & se de-
termine sans elle; qu'enfin mille sujets
de préference m'attirent du côté le plus
consolant, & joignent le poids de l'e-
sperance à l'equilibre da la raison.

Voilà donc une vérité donc nous
partons tous deux, à l'apui de laquelle,
vous sentés combien l'optimisme est
facile à défendre, & la providence à
justifier, & ce n'est pas à vous qu'il
faut repeter les raisonnemens rebattus,
mais solides qui ont été faits si souvent
à ce sujet à l'egard des Philosophes qui
ne conviennent pas du principe. Il ne

faut

faut point difputer avec eux fur ces matiéres, parce que ce qui n'eft qu'une preuve de fentiment pour nous, ne peut devenir pour eux une demonftration, & que ce n'eft pas un difcours raifonnable de dire à un homme: Vous devés croire ceci, parce que je le crois. Eux de leur coté ne doivent point fe difputer avec nous fur ces mêmes matiéres, parce qu'elles ne font que des corollaires de la propofition principale qu'un adverfaire honnête ofe à peine leur oppofer, & qu'à leur tour ils auroient tort d'exiger qu'on leur prouvat le corollaire indépendament de la propofition qui lui fert de bafe. Je penfe, qu'ils ne le doivent pas encore par

D

une autre raison. C'est qu'il y a de l'inhumanité à troubler les ames paisibles, & à desoler les hommes à pure perte, quand ce qu'on veut leur apprendre n'est ni certain ni utile. Je pense en un mot, qu'à votre exemple, on ne sauroit attaquer trop fortement la superstition qui trouble la société, ni trop respecter la Religion qui la soutient.

Mais je suis indigné comme vous, que la foi de chacun ne soit pas dans la plus parfaite liberté, & que l'homme ose controller l'intérieur des consciences ou il ne sauroit pénetrer, comme s'il dépendoit de nous de croire ou de ne pas croire dans des matiéres où la demonſtration n'a point lieu, & qu'on pût jamais aſſervir la raiſon à l'autorité. Les Rois de ce monde ont ils donc quelque inſpection dans l'autre, & ſont ils en droit de tourmenter leurs ſujets ici bas pour les forcer d'aller en Paradis ? Non, tout gouvernement humain ſe borne par ſa nature aux devoirs civils, & quoi qu'en ait pû dire le Sophiſte Hobbes, quand un homme ſert bien l'Etat, il ne doit conte a perſonne de la maniére dont il ſert Dieu.

J'ignore ſi cet Etre juſte ne punira point un jour toute tyrannie éxercée en ſon nom; je ſuis bien ſur au moins,

qu'il ne la partagera pas, & ne refu-
fera le bonheur éternel à nul incré-
dule vertueux & de bonne foi. Puis-je
fans offenfer fa bonté & même fa juftice,
douter, qu'un cœur droit ne rachete une
erreur involontaire, & que des mœurs
irreprochables ne vaillent bien mille
cultes bizarres prefcrits par les hommes, & rejettés par la raifon? je dirai
plus, fi je pouvois à mon choix ache-
ter les œuvres aux dépens de ma foi,
& compenfer à force de vertu mon
incredulité fuppofée, je ne balancerois
pas un inftant, & j'aimerois mieux
pouvoir dire à Dieu, j'ai fait fans fon-
ger à toi, le bien qui t'eft agréable, &
mon cœur fuivoit ta volonté fans la

connoître, que de lui dire, comme il faudra que je fasse un jour: Hélas! je t'aimois & n'ai cessé de t'offenser, je t'ai connu & n'ai rien fait pour te plaire.

Il y a je l'avoue une sorte de profession de foi que les loix peuvent imposer, mais hors les principes de la morale & du droit naturel, elle doit être purement négative, parce qu'il peut exister des religions qui attaquent les fondemens de la société, & qu'il faut commencer par exterminer ces religions pour assurer la paix de l'Etat. De ces dogmes à proscrire, l'intolerance est sans difficulté le plus odieux; mais il faut le prendre à sa source;

car les fanatiques les plus sanguinaires, changent de langage selon la fortune, & ne prêchent que patience & douceur, quand ils ne sont pas les plus forts; ainsi j'appelle intolerant par principes tout homme qui s'imagine qu'on ne peut être homme de bien sans croire tout ce qu'il croit, & damne impitoyable- ment tous ceux qui ne pensent pas comme lui. En effet, les fidèles sont rarement d'humeur à laisser les reprou- vés en paix dans ce monde, & un saint, qui croit vivre avec des damnés, anticipe volontiers sur le métier du diable. Que s'il y avoit des incredu- les intolerans, qui voulussent forcer le peuple à ne rien croire, je ne les ban-

nirois pas moins sévérement, que ceux
qui veulent forcer à croire tout ce qui
leur plait.

Je voudrois donc, qu'on eut dans
chaque Etat, un code moral ou une
espéce de profession de foi civile, qui
contint positivement les maximes so-
ciales que chacun seroit tenu d'admet-
tre, & négativement les maximes fanatiques qu'on seroit tenu de rejetter, non
comme impies, mais comme seditieu-
ses. Ainsi toute religion qui pourroit
s'accorder avec le code seroit admise,
toute religion qui ne s'y accorderoit
pas, seroit proscrite, & chacun seroit
libre de n'en avoir point d'autre que le
code même. Cet ouvrage fait avec

foin, feroit, ce me femble, le livre le plus utile qui jamais ait été compofé, & peut être le feul néceffaire aux hommes. Voilà, Monfieur, un fujet pour vous. Je fouhaiterois paffionnément, que vous vouluffiès entreprendre cet ouvrage, & l'embellir de votre Poëfie, afin que chacun pouvant l'apprendre aifément, il porta dès l'enfance dans tous les cœurs, ces fentimens de douceur & d'humanité, qui brillent dans vos écrits, & qui manquerent toujours aux Devots. Je vous exhorte à méditer ce projet, qui doit plaire au moins à votre ame. Vous nous avés donné dans votre poëme fur la Religion naturelle le Catechifme de l'homme. Donnés nous maintenant dans celui que je vous propose le Catechisme du Citoyen. C'est une matiére à mediter longtems, & peut être à reserver pour le dernier de vos ouvrages, afin d'achever par un bienfait au genre humain la plus brillante carriére que jamais homme de lettre ait parcourue.

Je ne puis m'empécher, Monsieur, de remarquer à ce propos une opposition bien singuliére entre vous & moi dans le sujet de cette lettre. Rassasié de gloire, & désabusé des vaines grandeurs, vous vivés libre au sein de l'abondance ; bien sur de l'immortalité, vous philosophés paisiblement sur la

nature de l'amé, & si le corps ou le
cœur souffre, vous avés Tronchin pour
médecin & pour ami. Vous ne trouvés pourtant que mal sur terre. Et
moi homme obscur, pauvre & tourmen-
té d'un mal sans remède, je médite avec
plaisir dans ma retraite, & trouve que
tout est bien. D'ou viennent ces con-
tradictions apparentes? Vous l'avés vous
même expliqué; vous jouissés, mais
j'espére, & l'esperance embellit tout.

J'ai autant de peine à quitter cette
ennuyeuse lettre, que vous en aurés à
l'achever. Pardonnés-moi, grand homme, un zéle peut être indiscret, mais
qui ne s'epancheroit pas avec vous, si

je vous en eſtimois moins. A Dieu ne plaiſe que je veuille offenſer celui de mes contemporains, dont j'honore le plus les talens, & dont les écrits parlent le mieux à mon cœur. Mais il s'agit de la cauſe de la Providence dont j'attens tout. Apres avoir ſi long-tems puiſé dans vos leçons des conſolations & du courage, il m'eſt dur, que vous m'ôtiés maintenant tout ce-là pour ne m'offrir qu'une eſpérance incertaine & vague, plutôt comme un paillatif actuel, que comme un dedomagement à venir. Non! j'ai trop ſouffert en cette vie pour n'en pas attendre une autre. Toutes les ſubtilités de la Metaphyſique ne me feront pas douter un moment de l'immortalité de l'ame, & d'une Providence bienfaisante. Je la sens, je la crois, je la veux, je l'espére, je la defendrai jusqu'à mon dernier soupir, & ce sera de toutes les disputes que j'aurai soutenue la seule ou mon interêt ne sera pas oublié, je suis, Monsieur etc.

page 16. ligne 5. conte
: mettez
compte

page 17 Zadig

Hotz tom XXXIII p. ...

18 mais quelque

23. passage de Caton

24. Croupaty . lisez Crousaz
quand on s'appuye sur les